Boubakar
Melvin
Baptiste
Julie
Sylvain
Chan
Dylan

Les Verts !

#1

Frères ennemis

Scénario : Brrémaud

Dessin et couleurs : Armentaro

Hugo BD

Direction de collection et artistique : Jean-Baptiste Gilou
Conception graphique : Epigraph

www.hugoetcie.fr

ISBN : 9782755616668
Imprimé en France par PPO-Graphic, 91120 Palaiseau

SAINT-ÉTIENNE, POUR LE MONDE ENTIER, C'EST LA VILLE DES VERTS, UNE ÉQUIPE DE RÊVE....
LA VILLE D'UN STADE MYTHIQUE, GEOFFROY-GUICHARD, OÙ LES PLUS BELLES RENCONTRES SE SONT JOUÉES, ET SE JOUENT ENCORE...
LA VILLE DES GÉNIES DU BALLON ROND...
...ET DES POTEAUX CARRÉS ! ON SAIT, ON SAIT...
MAIS CE N'EST PAS AVEC CES BRAS CASSÉS QUE LES ÉLÈVES DÉPASSERONT LEURS MAÎTRES !
VOYEZ-VOUS, DACOSTA, JE SUIS PLUTÔT CONCILIANT, MAIS IL Y A UNE ÉQUIPE CONTRE LAQUELLE IL NE FAUT PAS PERDRE... ET QU'EST-CE QUE JE VOIS ?!
VOS JEUNES SONT MENÉS À LA MARQUE PAR LYON ! UNE HONTE !!!
TOUT DE MÊME, IL Y A DES CHOSES POSITIVES DANS LE JEU...
CERTES, LE DUO D'ATTAQUE N'EST PAS TRÈS COORDONNÉ, MAIS AVEC DU TRAVAIL, JE SUIS SÛR QUE...
PARLONS-EN DE CE DUO !
DEUX TÊTES DE MULE QUI SE DÉTESTENT ET QUI REFUSENT DE JOUER ENSEMBLE !... QUANT À LES RENDRE OPÉRATIONNELS, ÇA FAIT UNE ÉTERNITÉ QUE VOUS ME DITES LA MÊME CHOSE !
C'EST VRAI, PRÉSIDENT, MAIS... D'AILLEURS, REGARDEZ, L'ÉQUIPE REPREND L'INITIATIVE !...

VOUS ALLEZ VOIR QUE CETTE FOIS-CI, ILS VONT S'ENTENDRE. IL NE RESTE QU'UNE POIGNÉE DE SECONDES... ILS N'ONT PLUS LE CHOIX !
RÉMI, AILIER DROIT...
ET DE UN !...
PLUS QUE DEUX !
MELVIN EST DÉMARQUÉ ! FAIS-LUI UNE PASSE, BON SANG !
MON PAUVRE DACOSTA, VOUS RÊVEZ...
MELVIN, AVANT-CENTRE...
ET PUIS QUOI ENCORE ? POUR QUE CETTE LARVE PROFITE DE MON ACTION... JAMAIS !
JE TENTE !
PAF!!
?!

CRAK !!
OUCH !
OUPS !
GNNN...
MES LUNETTES...
TRIIIIII
JE NE VEUX PLUS VOIR CES DEUX IDIOTS QUI DÉSHONORENT NOTRE CLUB !... VOUS SAVEZ CE QU'IL VOUS RESTE À FAIRE, DACOSTA !
PFFF...
IL VIENT DE VOUS APPELER DEUX FOIS PAR VOTRE NOM DE FAMILLE... C'EST JAMAIS BON SIGNE !
AH NON, MA PETITE JULIE, C'EST PAS BON SIGNE ! OBLIGÉ DE RENVOYER DEUX JOUEURS DE CE NIVEAU... JE SUIS DÉSHONORÉ ! ... MON HEURE A SONNÉ !
ALLONS, COACH, VOUS VERREZ QUE TOUT FINIRA PAR S'ARRANGER !
?!
NE CROYEZ PAS RÉUSSIR À ME CONVAINCRE AVEC VOS VAINES PROMESSES !... ET N'ESSAYEZ PAS NON PLUS DE M'AVOIR EN LES CHANGEANT DE POSTE ! J'AI LE NOM DE CES DEUX ÉNERGUMÈNES ! MELVIN ET RÉMI !...
GRRRR !
ET SI ON REJOIGNAIT LES GARÇONS AU VESTIAIRE ?
GNNN...
GRR !
OUI, JE VOUS SUIS...

Coach
Nerd
Remi
Benji
Lore
Youri
Boubakar
Melvin
Baptiste
Julie
Arthur
Sylvain
Amin
Theo
Djibril
Chan
Dylan
JE NE VOUS MENTIRAI PAS... CETTE PHOTO N'EST PLUS D'ACTUALITÉ !
SCRATCH!
JE LE SAVAIS !... SI CETTE GROSSE LARVE M'AVAIT FAIT LA PASSE, ON ÉGALISAIT !
TU VEUX QUE JE TE RAPPELLE COMBIEN DE CENTRES TU M'AS FAIS EN DEUXIÈME MI-TEMPS ?!...
... ZÉRO POINTÉ !!!
ASSEZ !!!

MELVIN ! RÉMI !... LE PRÉSIDENT ME CHARGE DE VOUS RENVOYER ET JE PRENDRAI MES RESPONSABILITÉS !... VOUS ÊTES LIBRES !
?!
?!
QUANT À MOI, JE QUITTE LE CLUB !
VOUS ÊTES SÉRIEUX, COACH ?!
MALHEUREUSEMENT, OUI...
DÉSOLÉ, MELVIN !... JE NE PEUX PLUS RIEN POUR TOI !
DÉSOLÉ POUR TOI AUSSI, RÉMI ! JE NE VOUS DIS MÊME PAS BONNE CHANCE, ÇA NE CHANGERAIT RIEN ...
J'ÉTAIS LÀ AVANT TOI, C'EST DE TA FAUTE !
TAP TAP
ORDURE !
VOUS ÊTES TOMBÉS SUR LA TÊTE, OU QUOI ? DU CALME !
OH !
VOUS ÊTES RIDICULES !
PAF!!
OUCH !

JE RÊVE, C'EST PAS POSSIBLE AUTREMENT...
?!
BIP! BIP! BIP!
LE PRÉSIDENT !
?!
OUI, MONSIEUR LE PRÉSIDENT !...
AH BON, LE COACH EST INJOIGNABLE ? OUI, OUI, IL EST ICI ! JE... JE VOUS LE PASSE !
QU'EST-CE QUE JE VIENS D'APPRENDRE, DACOSTA ?! VOUS QUITTEZ LE CLUB ?!
?!
CO... COMMENT SAVEZ-VOUS QUE...?!
PAF!
HÉ HÉ...
D'APRÈS VOUS ? C'EST SUR LA PAGE FACEBOOK DU CLUB !!!
VOUS VOUS METTEZ VOUS-MÊME SUR LA SELLETTE... ENTENDU, JE ME PLIE À VOTRE CHANTAGE...
MAIS ATTENTION !
LE MATCH RETOUR EST DANS 15 JOURS... SI NOUS LE PERDONS, VOUS QUITTEZ LE CLUB, NON PAS APRÈS AVOIR POSÉ VOTRE DÉMISSION MAIS PARCE QUE JE VOUS AURAI CHASSÉ !...
VOUS AUREZ TOUT LE LOISIR, ENSUITE, DE TRAÎNER VOS DEUX OISEAUX LÀ OÙ ÇA VOUS CHANTE ! MAIS PAS CHEZ MOI !
EUH... OUI... OUI... CERTAINEMENT... SOYEZ TRANQUILLE, MONSIEUR LE PRÉSIDENT... LA VICTOIRE OU LA MORT !
C'EST CE QUE JE VOULAIS ENTENDRE, BONSOIR ! BIP !

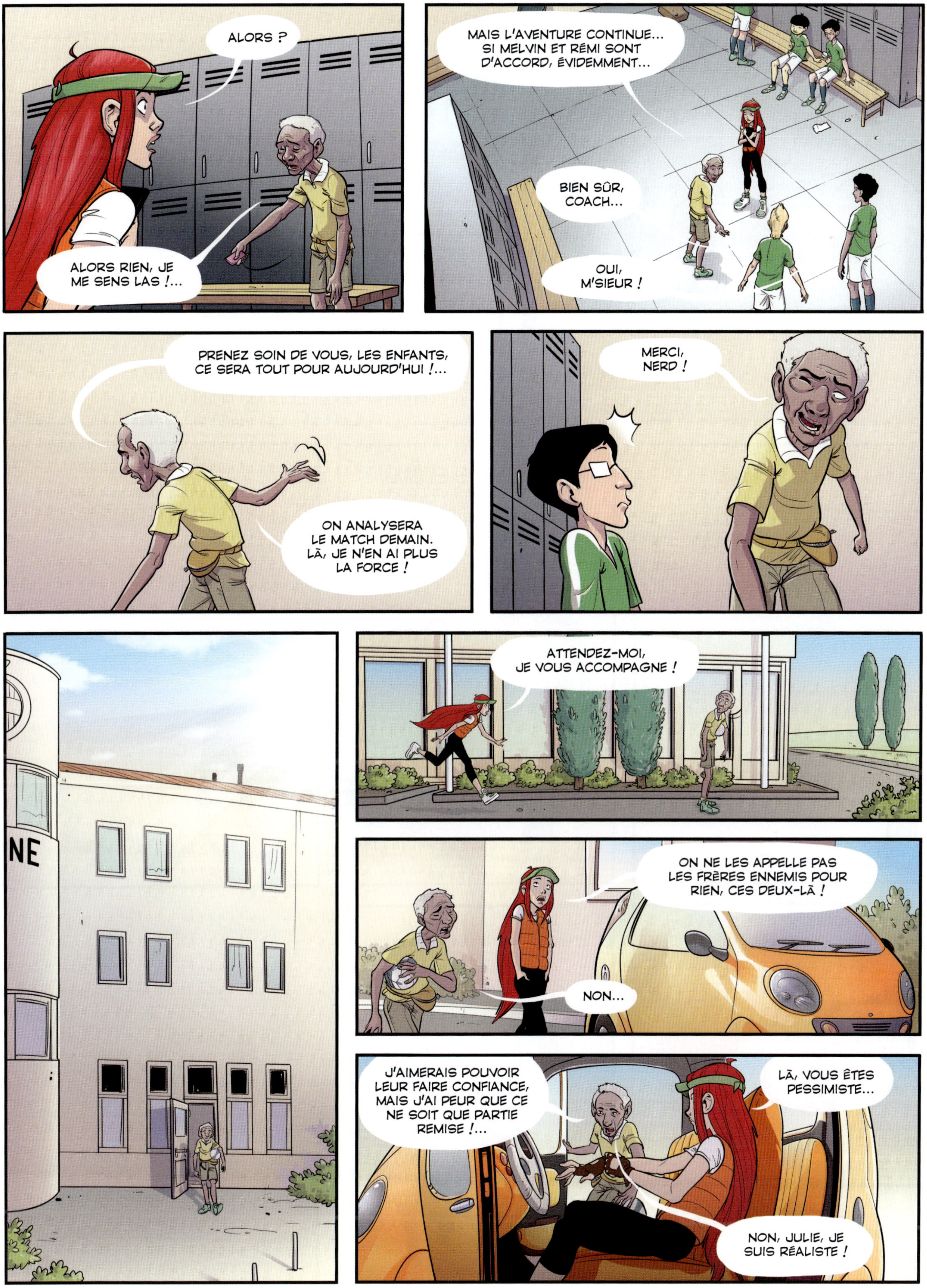

ALORS ?
ALORS RIEN, JE ME SENS LAS !...
MAIS L'AVENTURE CONTINUE... SI MELVIN ET RÉMI SONT D'ACCORD, ÉVIDEMMENT...
BIEN SÛR, COACH...
OUI, M'SIEUR !
PRENEZ SOIN DE VOUS, LES ENFANTS, CE SERA TOUT POUR AUJOURD'HUI !...
ON ANALYSERA LE MATCH DEMAIN. LÀ, JE N'EN AI PLUS LA FORCE !
MERCI, NERD !
NE
ATTENDEZ-MOI, JE VOUS ACCOMPAGNE !
ON NE LES APPELLE PAS LES FRÈRES ENNEMIS POUR RIEN, CES DEUX-LÀ !
NON...
J'AIMERAIS POUVOIR LEUR FAIRE CONFIANCE, MAIS J'AI PEUR QUE CE NE SOIT QUE PARTIE REMISE !...
LÀ, VOUS ÊTES PESSIMISTE...
NON, JULIE, JE SUIS RÉALISTE !

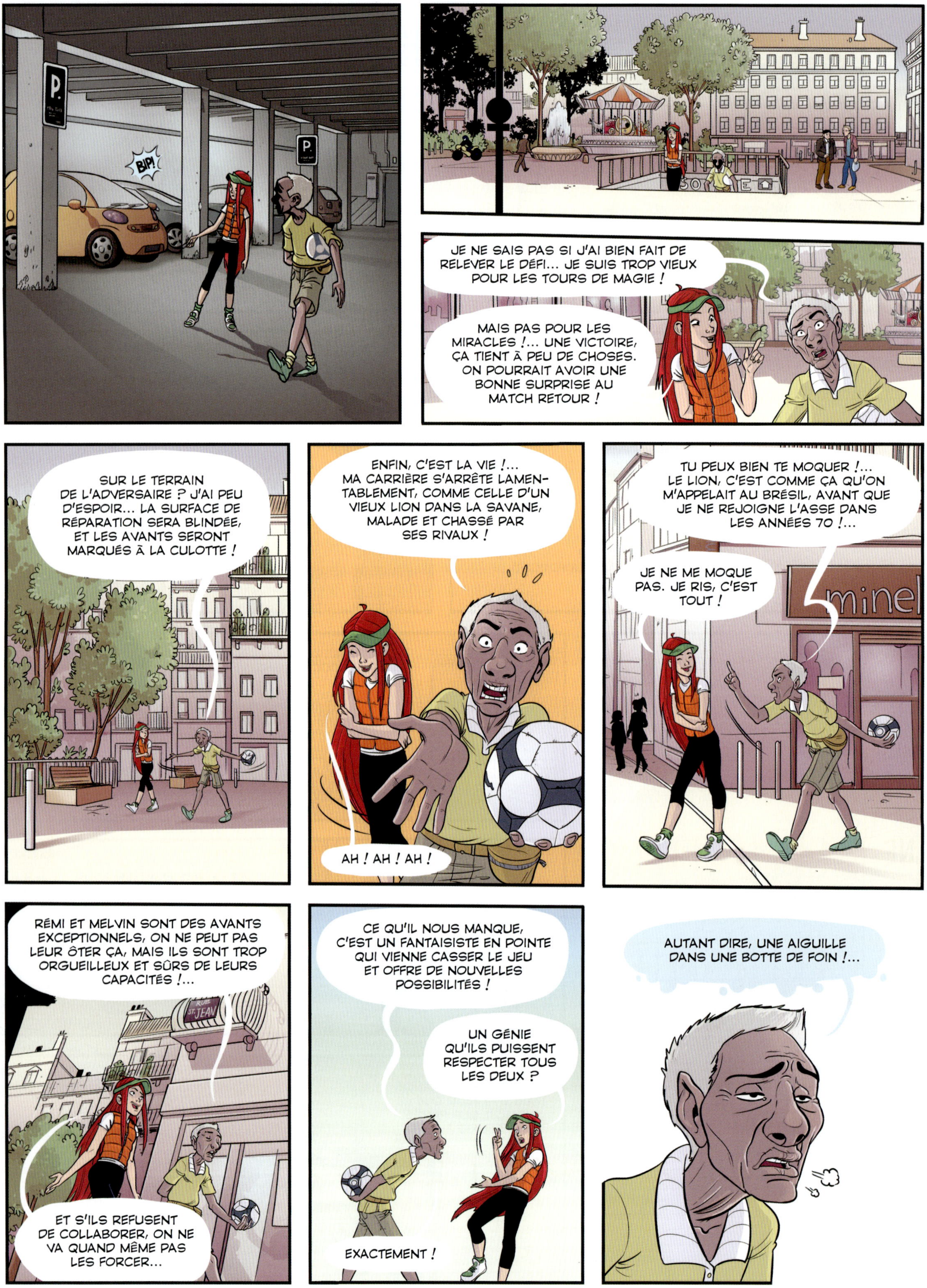
BIP!
JE NE SAIS PAS SI J'AI BIEN FAIT DE RELEVER LE DÉFI... JE SUIS TROP VIEUX POUR LES TOURS DE MAGIE !
MAIS PAS POUR LES MIRACLES !... UNE VICTOIRE, ÇA TIENT À PEU DE CHOSES. ON POURRAIT AVOIR UNE BONNE SURPRISE AU MATCH RETOUR !
SUR LE TERRAIN DE L'ADVERSAIRE ? J'AI PEU D'ESPOIR... LA SURFACE DE RÉPARATION SERA BLINDÉE, ET LES AVANTS SERONT MARQUÉS À LA CULOTTE !
ENFIN, C'EST LA VIE !... MA CARRIÈRE S'ARRÊTE LAMENTABLEMENT, COMME CELLE D'UN VIEUX LION DANS LA SAVANE, MALADE ET CHASSÉ PAR SES RIVAUX !
AH ! AH ! AH !
TU PEUX BIEN TE MOQUER !... LE LION, C'EST COMME ÇA QU'ON M'APPELAIT AU BRÉSIL, AVANT QUE JE NE REJOIGNE L'ASSE DANS LES ANNÉES 70 !...
JE NE ME MOQUE PAS. JE RIS, C'EST TOUT !
RÉMI ET MELVIN SONT DES AVANTS EXCEPTIONNELS, ON NE PEUT PAS LEUR ÔTER ÇA, MAIS ILS SONT TROP ORGUEILLEUX ET SÛRS DE LEURS CAPACITÉS !...
ET S'ILS REFUSENT DE COLLABORER, ON NE VA QUAND MÊME PAS LES FORCER...
CE QU'IL NOUS MANQUE, C'EST UN FANTAISISTE EN POINTE QUI VIENNE CASSER LE JEU ET OFFRE DE NOUVELLES POSSIBILITÉS !
UN GÉNIE QU'ILS PUISSENT RESPECTER TOUS LES DEUX ?
EXACTEMENT !
AUTANT DIRE, UNE AIGUILLE DANS UNE BOTTE DE FOIN !...

BIEN, NOS ROUTES SE SÉPARENT... PASSE UNE BONNE SOIRÉE, JULIE !
BONNE NUIT, COACH !
UN VIEUX LION DANS LA SAVANE !... ELLE EST BONNE, CELLE-LÀ !
RUSSSSSHHH!
GRML !
PAF!!
RRSSSHHHHH!!!!!!!
CRACK!!
OH !!!
KLANG!!

ÇA VA, M'SIEUR ?
?!...
EUH... OUI, OUI... ÇA VA TRÈS BIEN, MERCI !
RUSHHHHHHH
BEN ÇA ALORS !
BON SANG, J'ALLAIS OUBLIER...
COMMENT TU T'APPELLES ?
TROP TARD, IL NE M'A PAS ENTENDU...
UNE SACRÉ REPRISE...
RIEN À DIRE LÀ-DESSUS !

PAS DE REPOS POUR LES BRAVES !... LE LENDEMAIN MATIN, AU CENTRE DE FORMATION...
TRIIIIII!!
FIIIIII!!
TRIIIIII!!
TRIIIIII!!
MELVIN, RENVERSE LE JEU SUR RÉMI QUI TE REMET AU CENTRE !
STOP!!

UMPF !
MOUAIS... L'IDÉE EST LÀ, ON RECOMMENCE !
ÉVIDEMMENT, AU COURS D'UN MATCH, C'EST UNE AUTRE AFFAIRE...
VOUS AVEZ L'AIR SOUCIEUX. QUELQUE CHOSE NE VA PAS ?
JULIE, VOUS VOUS RAPPELEZ NOTRE CONVERSATION, HIER SOIR, APRÈS LE MATCH ?
SUR LA NÉCESSITÉ D'AVOIR UN AVANT-CENTRE DE CLASSE ? OUI, TRÈS BIEN !
MELVIN EN POINTE, ÇA POURRAIT MARCHER, MAIS RÉMI NE LUI PASSE AUCUN BALLON...
ET BIEN SÛR, QUAND RÉMI EST EN POINTE, C'EST LA MÊME CHANSON !
J'AI TROUVÉ LE JOUEUR QU'ON CHERCHE !
?!
COMME ÇA ?... PAR ENCHANTEMENT ?
PRESQUE...
SLAM !

JE VOUS TROUVE BIEN MYSTÉRIEUX !... UN GÉNIE DU BALLON ROND, ÇA NE SE TROUVE PAS COMME ÇA. CE N'EST PAS MOI QUI VAIS VOUS L'APPRENDRE, NON ?
café crème
café gourmand 70's
UN GÉNIE DU BALLON ROND, À VRAI DIRE, JE N'EN AI PAS LA PREUVE, MAIS DE LA CANETTE, C'EST LE MEILLEUR !...
EH BIEN... ME VOILÀ RASSURÉE !
C'EST ICI !... LE SKATE-PARK !
MMMH... JE VOIS ÇA !
?
ET SI VOUS M'EN DISIEZ PLUS ?
IL ÉTAIT POURTANT LÀ, QUAND JE SUIS PASSÉ. UN SKATER CAPABLE DE RETOURNÉES ACROBATIQUES !
J'AI ÉTÉ STUPIDE, JE LE SAIS... RIEN NE DIT QU'IL REPASSERA !
DIS-MOI, MON GRAND, TU NE CONNAÎTRAIS PAS UN SKATER QUI...
UN SKATER, C'EST UN PEU VAGUE !... IL ÉTAIT COMMENT ?
DES CHEVEUX COUPÉS COURT, ICI... PLUS LONG, ICI... ET...
UN SKATER CAPABLE DE S'ENVOLER À PLUSIEURS MÈTRES ET DE RENVOYER AU CENTIMÈTRE PRÈS UNE CANETTE DE SODA !...
...
JE PEUX ESSAYER SI VOUS VOULEZ !
NON, NON... SURTOUT PAS !

* STADE MYTHIQUE DE RIO DE JANEIRO, BRÉSIL.

JE TE PRÉSENTE JORGE DACOSTA, LE COACH, UN GRAND NOM DE L'ASSE !
LA QUOI ?
L'ASSE... L'ASSOCIATION SPORTIVE DE SAINT-ÉTIENNE !... LES VERTS !
PLATINI ! ROCHETEAU ! ÇA TE DIT QUELQUE CHOSE, NON ?
OUI, VAGUEMENT !
ALORS, PUISQU'ON SE COMPREND, LAISSE-MOI TE DIRE QUE MAÎTRE SHIFU VOIT EN TOI LE SAUVEUR DE L' ÉQUIPE JEUNE !
?
POURQUOI, ELLE EST EN DANGER ?
ON PEUT DIRE ÇA, OUI...
MAÎTRE QUI ?
S'IL VOUS PLAÎT, COACH... PLUS TARD !
ÇA TE DIRAIT DE FAIRE UN ESSAI ?... DISONS, DEMAIN ? SANS PRESSION, JUSTE COMME ÇA !
UN TEST DE RIEN DU TOUT !... ON PEUT MÊME VENIR TE CHERCHER ICI !
NON, NON, JE TROUVERAI, NE VOUS EN FAITES PAS !
VRAIMENT, ON PEUT COMPTER SUR TOI ? JUSTE UN TEST...
JE PENSE, OUI. OKAY, J'Y SERAI...
JE SUIS JULIE... JULIE ROBERT !
ET MOI, JULIEN...
YES !
VOUS PENSEZ QU'IL VIENDRA ?
BIEN SÛR...
SI LE GRAND SEIGNEUR DE MARACAÑA EST AVEC NOUS ! ET AUSSI DE GEOFFROY-GUICHARD, ÉVIDEMMENT, PARCE QU'À DEUX, ILS NE SERONT PAS DE TROP ! HÉ HÉ...

LE LENDEMAIN AU CENTRE DE FORMATION...
HOP ! HOP ! HOP !
BENJI, C'EST À TOI !
UMPF !
RÉMI, TU PRENDS MA PLACE CINQ MINUTES, OKAY ?
OKAY !
IL N'EST TOUJOURS PAS LÀ !
NON, PERSONNE EN VUE ! MAIS AU FOND DE MOI-MÊME, JE LE SAVAIS...
?!
BRANLEUR !
FACE DE RAT !
AH NON, ÇA NE VA PAS RECOMMENCER ! RÉMI ! MELVIN !
PFF... L'AVANTAGE, C'EST QU'ON NE TOMBERA PAS PLUS BAS !

M'SIEUR ?
AH ?!
C'EST À CETTE HEURE-CI QUE TU TE POINTES ?! NON, MAIS JE RÊVE OU QUOI ?!
BIENVENUE, JULIEN, ON EST SI CONTENTS DE TE VOIR !
EUH... OUI... OUI... DÉSOLÉ, JE ME SUIS EMPORTÉ PAR L'ÉMOTION...
SUIS-MOI AU VESTIAIRE, JE VAIS TE REMETTRE TON ÉQUIPEMENT !
SUITE À QUOI, IL Y AURA LA BIENVENUE, L'ÉCHAUFFEMENT, ET LE TEST !
LES ENFANTS, J'AI L'HONNEUR DE VOUS PRÉSENTER UN NOUVEL ÉLÉMENT !...
ENFIN, N'ALLONS PAS TROP VITE, TOUT DE MÊME... JULIEN EST ICI POUR UN ESSAI, RIEN DE PLUS !
JULIE, JE VOUS LAISSE...
ENTENDU, COACH ! ON SE PARLE APRÈS !
BIEN, ON REPREND L'EXERCICE. TOUT LE MONDE EN PLACE !

C'EST MOU, ÇA !
TAKE!!
PENDANT CE TEMPS...
UNE, DEUX ! UNE, DEUX !...
OUF... OUF... OUF...
BON, JE CROIS QUE ÇA IRA POUR CETTE FOIS...
CE SERAIT QUAND MÊME TROP BÊTE DE TE DÉGOÛTER DÈS LE PREMIER JOUR !
J'ALLAIS LE DIRE...
ON REJOINT LES AUTRES ?
JE VOUS LE CONFIE, COACH ?
AVEC JOIE, CHÈRE DEMOISELLE !
JE T'ÉPARGNE LE TEST DU JONGLAGE DU PIED ET DE LA TÊTE, ON EST PRIS PAR LE TEMPS...
LES EXERCICES PHYSIQUES ET DE RÉSISTANCE, CE SERA POUR PLUS TARD...
...ON PASSE AU BUT !
PAF!

TOUT DE SUITE APRÈS, POUR LE TEST DU CENTRE...
C'EST PARTI !
PRÊT, BAPTISTE ?
PRÊT !
PRÊT, JULIEN ?
UH... UH...
AMIN, C'EST À TOI !
TRIIII!!
OUPS !
OUCH !
MOUAIS... ÇA ARRIVE AUX PLUS GRANDS, ON RECOMMENCE !
PAF!

ET SI ON FAISAIT UNE PETITE PARTIE ?... DANS L'ACTION, JE SUIS SÛR QU'ON Y VERRA PLUS CLAIR !
ÇA MARCHE ?
ÇA MARCHE, COACH !
LES ÉQUIPES FORMÉES, LE MATCH PEUT COMMENCER...
TRIIII!!
DESCENDS, JULIEN, TU ES HORS JEU !
?!
JULIE, TU PENSERAS À LUI IMPRIMER LES RÈGLES DU JEU, OKAY ?
C'EST ALORS QU'UNE VIEILLE CONNAISSANCE ENTRE EN SCÈNE...
GRML...
?!
BONJOUR, PRÉSIDENT. QUEL BON VENT VOUS AMÈNE ?
NE VOUS OCCUPEZ PAS DE MOI, DACOSTA !
C'EST QUI, LE NOUVEAU EN POINTE ?
MON ARME ULTIME, LE MEILLEUR AVANT-CENTRE D'EUROPE !... VOUS VERREZ QU'AVEC LUI, MELVIN ET RÉMI SE BATTRONT POUR LUI REMETTRE LES BONS BALLONS !
MELVIN À L'AILE GAUCHE, AMIN À DROITE, RÉMI EN SOUTIEN, ET LUI EN POINTE !

MAINTENANT !
PLOF!!
ARGH !
C'EST ÇA, DACOSTA, FICHEZ-VOUS DE MOI !
RIRA BIEN QUI RIRA LE DERNIER !
PFFF...
HEY LE NOUVEAU, C'EST POUR TOI !
CRACK!!
STUNF!!

VOUS... VOUS AVEZ VU ?... UN CHEVEU ET IL MARQUAIT !
AH MINCE, J'OUBLIAIS QU'IL N'ÉTAIT PLUS LÀ...
MAIS POURQUOI JE SUIS NUL EN TECHNOLOGIE ? EN FILMANT LA SÉQUENCE, J'AVAIS LA PREUVE DU TALENT DE CET ENFANT !
MAIS LE COACH SE TROMPE...
CAR SUR LE BORD DU TERRAIN, UN HOMME SEMBLE S'INTÉRESSER À LA SÉANCE D'ENTRAÎNEMENT. ET CONTRAIREMENT À CE QU'IL PENSE, LA SÉQUENCE A BIEN ÉTÉ FILMÉE...
TIP
PARFAIT, C'EST DANS LA BOÎTE !
CETTE VIDÉO VA PLAIRE. J'ENVOIE...
...ET JE FILE !
VOUS AVEZ VU ?
ET COMMENT ! JE N'AI VU QUE ÇA !
ALORS, QUI AVAIT RAISON ?
PAS SI VITE !... LA CHANCE DU DÉBUTANT, ÇA EXISTE !
TRÈS JUSTE, MAIS UN RETOURNÉ COMME CELUI-CI, ON N'EN VOIT PAS TOUS LES JOURS !
EN TOUT CAS, AU POINT OÙ ON EN EST, ÇA VAUT LE COUP D'ESSAYER !
ALORS LÀ, JE DIS BANCO !

BIEN, LES COPAINS...
KOF ! KOF !
QU'EST-CE QUE VOUS DITES DE JULIEN ?
ON LE GARDE ?
ON LE GARDE !
YES ! C'EST ÉVIDEMMENT AU COACH DE PRENDRE LA DÉCISION FINALE, MAIS ÇA ME FAIT PLAISIR QUE TU LE PENSES, RÉMI !
QU'EST-CE QUE JE POURRAIS PENSER D'AUTRE ? JE NE SAIS PAS SI C'EST UN CHAMPION, MAIS CE SERA TOUJOURS MIEUX QUE LA FACE DE RAT !
?!
SPIT!
HEY !
DÉSOLÉ, JULIE, MAIS CE BLAIREAU EST TELLEMENT INVISIBLE SUR LE TERRAIN QUE JE N'AVAIS PAS VU !
C'EST LUI OU MOI !
BON...
JE NE SAIS PAS SI VOUS SAVEZ, RAPPELEZ-VOUS, MAIS LE PRÉSIDENT VEUT VOTRE TÊTE !... SAISISSEZ L'OCCASION AU VOL ET VOUS LA SAUVEREZ PEUT-ÊTRE !... REFUSEZ DE COLLABORER OU DE FAIRE EXACTEMENT CE QU'ON VOUS DIT...
...ET JE NE DONNE PAS CHER DE VOTRE PEAU !

JULIE, TU VEUX DE L'AIDE ?
AH, VOUS ÊTES LÀ ?
C'EST PAS DE REFUS !... JE TENTE D'EXPLIQUER LA SITUATION À CES DEUX MOINEAUX...
À LA CERVELLE D'HUÎTRE !
JE VOIS !
LES ENFANTS, J'AI MIS MON POSTE EN JEU POUR VOUS !... ÇA DEVRAIT VOUS SUFFIRE POUR COMPRENDRE QUE CE N'EST PLUS LE MOMENT DE RIGOLER, NON ?
SI VOUS RÂLEZ NE SERAIT-CE QU'UNE FOIS AVANT LE MATCH RETOUR, JE VOUS FICHE À LA PORTE !
À LA DOUCHE TOUT LE MONDE, ET QUE ÇA SAUTE !
JULIEN !... EN TEMPS NORMAL, JE TE LAISSERAIS UN TEMPS DE RÉFLEXION... MAIS TU L'AURAS COMPRIS, L'HEURE EST GRAVE !
ÇA TE DIT D'INTÉGRER LE CENTRE DE FORMATION ?
?!
C'EST OUI OU C'EST NON !
D'ACCORD !
MERCI !

VOUS AVEZ L'ADRESSE, VOUS DITES ?
OUI, MONSIEUR. J'AI FAIT MA PETITE ENQUÊTE...
LE GAMIN VIT AVEC SA MÈRE EN PLEIN CENTE-VILLE !
JOLI TRAVAIL !... ALLEZ-Y, JE NOTE !
VOUS POUVEZ DISPOSER, MON BRAVE. JE PRENDS LE RELAIS !
À VOTRE SERVICE, MONSIEUR !
TIP
MESDEMOISELLES, J'AI L'ADRESSE...
SOYEZ CONVAINCANTES !
OUI, MONSIEUR !
MEEEEEEEEEEEEEEE!!
MEEEEEEEEEEEEEEE!!

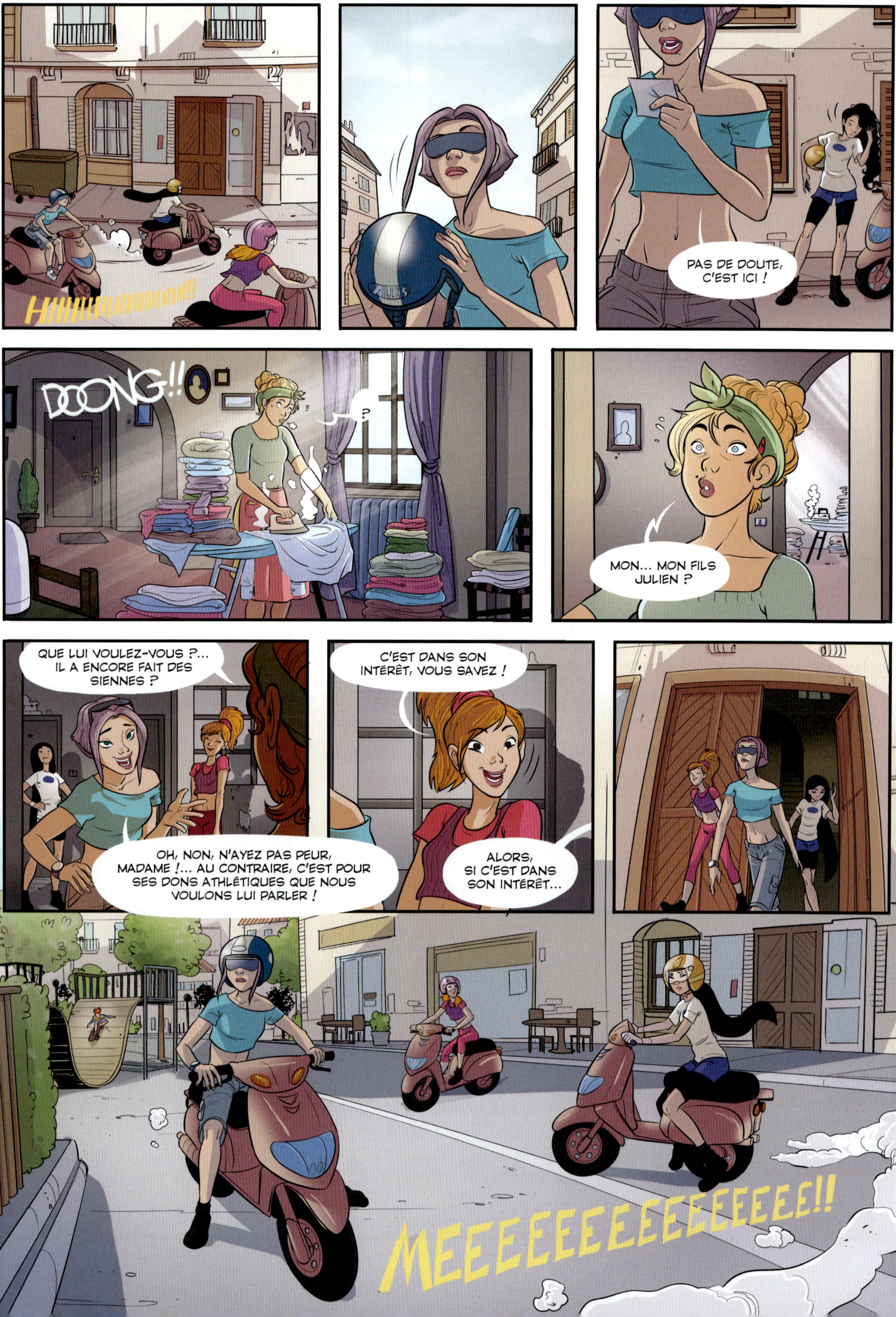
HIIIIIIIIIIIIII!!!
PAS DE DOUTE, C'EST ICI !
DOONG!!
?
MON... MON FILS JULIEN ?
QUE LUI VOULEZ-VOUS ?... IL A ENCORE FAIT DES SIENNES ?
OH, NON, N'AYEZ PAS PEUR, MADAME !... AU CONTRAIRE, C'EST POUR SES DONS ATHLÉTIQUES QUE NOUS VOULONS LUI PARLER !
C'EST DANS SON INTÉRÊT, VOUS SAVEZ !
ALORS, SI C'EST DANS SON INTÉRÊT...
MEEEEEEEEEEEEEEE!!

BINGO, LES FILLES !
RSSSHHH
RRRSHHHHH
CRASH !!
RSSSHHHHHH
C'EST TOI, JULIEN ?
ON NOUS A DIT QUE TU ÉTAIS TRÈS DOUÉ...
ET PAS SEULEMENT AU SKATE !
ÇA TE DIRAIT DE NE PAS PERDRE DE TEMPS AVEC DES MINABLES, ET DE JOUER DANS UN GRAND CLUB ?
AVEC UN SKATE-PARK SUR PLACE, MIEUX QUE CELUI-CI... CE SERAIT CHOUETTE, NON ?
C'EST QUE...
TA MÈRE EST D'ACCORD !
ELLE EST MÊME RAVIE !

LE LENDEMAIN MATIN, À 10 HEURES...
TRIIII!!
AUJOURD'HUI, ON SE MET EN FORME EN VUE DU MATCH DE SAMEDI ! OKAY ?
UN DEUX ! UN DEUX !...
UN DEUX ! UN DEUX !...
ON SKIPE... 5 FOIS !
HOP ! HOP ! HOP !...
ET ON PART EN SPRINT JUSQU'À LA MOITIÉ DU TERRAIN !
PANT!
PUFF!
UFF!
ON FINIT LA COURSE TRANQUILLEMENT EN FOULÉES LENTES... ON RÉCUPÈRE !
ET ON VA JUSQU'AU BOUT !
ÇA VA, JULIEN, TU AS L'AIR ABSENT ?
OUI, OUI...

UNE, DEUX ! UNE, DEUX !...
ON FINIT LE TOUR, ET ON RECOMMENCE !
LE GAMIN EST À L'ENTRAÎNEMENT !... OUI, COMME PRÉVU !
NON, IL NE LAISSE RIEN VOIR... BIEN, MONSIEUR... CERTAINEMENT... VOUS POUVEZ COMPTER SUR MOI, MONSIEUR !
TIP !
BEAU TRAVAIL, LES FILLES !
LE JEU DES VERTS VA SE CONSTRUIRE AUTOUR DU GAMIN... ET LE JOUR DU MATCH, PSSIIIT, ENVOLÉ !
DACOSTA AURA DU MAL À SE REMETTRE DE LA DÉFECTION DE SA PIÈCE MAÎTRESSE...
MAIS QUAND IL RÉALISERA EN DÉBUT DE SAISON QUE SON POULAIN ROULE POUR NOUS...
"IL REGRETTERA DE M'AVOIR HUMILIÉ !"
VICTIME D'UNE DACOSTA !
CODORNIU
Lille 36 supérieur à l'O.L. et Fives 43 ?
Peut-etre...
Le doigt de Dieu... l'oeil de l'abruti!

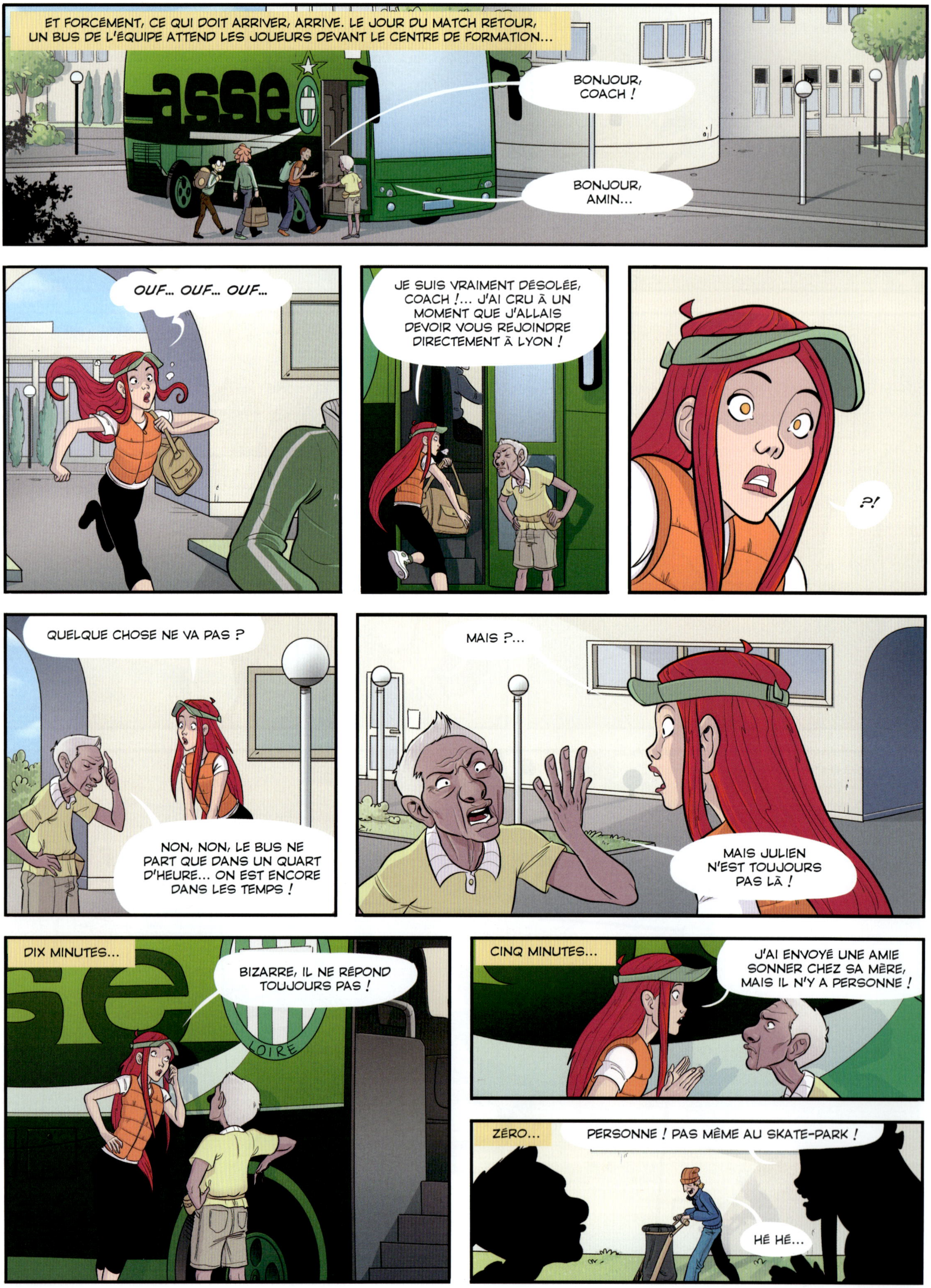
ET FORCÉMENT, CE QUI DOIT ARRIVER, ARRIVE. LE JOUR DU MATCH RETOUR, UN BUS DE L'ÉQUIPE ATTEND LES JOUEURS DEVANT LE CENTRE DE FORMATION...
BONJOUR, COACH !
BONJOUR, AMIN...
OUF... OUF... OUF...
JE SUIS VRAIMENT DÉSOLÉE, COACH !... J'AI CRU À UN MOMENT QUE J'ALLAIS DEVOIR VOUS REJOINDRE DIRECTEMENT À LYON !
?!
QUELQUE CHOSE NE VA PAS ?
NON, NON, LE BUS NE PART QUE DANS UN QUART D'HEURE... ON EST ENCORE DANS LES TEMPS !
MAIS ?...
MAIS JULIEN N'EST TOUJOURS PAS LÀ !
DIX MINUTES...
BIZARRE, IL NE RÉPOND TOUJOURS PAS !
CINQ MINUTES...
J'AI ENVOYÉ UNE AMIE SONNER CHEZ SA MÈRE, MAIS IL N'Y A PERSONNE !
ZÉRO...
PERSONNE ! PAS MÊME AU SKATE-PARK !
HÉ HÉ...

LE PRÉSIDENT !... JE VOUS LE PASSE !
BIP !
BIP !
OUI, MONSIEUR... LE BUS EST PRÊT !... SI, SI, NOUS PARTONS !
JE N'AI PAS OSÉ LUI DIRE... !
TOUT DE MÊME, C'EST ÉTRANGE !... IL A DÛ LUI ARRIVER QUELQUE CHOSE !
LOIRE
C'EST ÇA, DES ALIENS L'ONT ENLEVÉ !... ON A EU TORT DE PENSER QU'IL TIENDRAIT PAROLE !
HIN ! HIN !
VRRROOOOOO!!!
asse
NON, COACH, JE NE COMPRENDS PAS !...
A 47
LYON
D 312
FEYZIN
asse

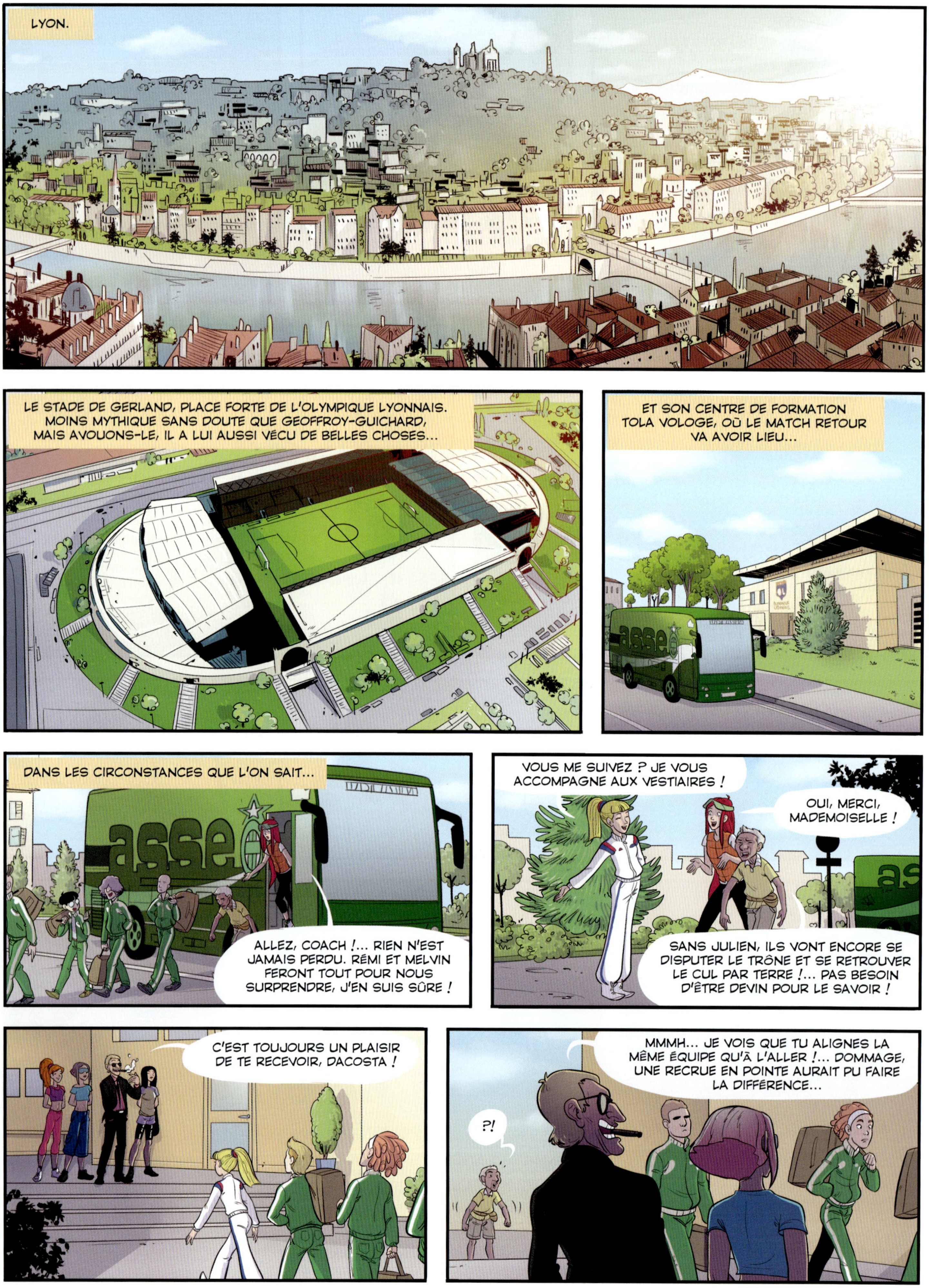
LYON.
LE STADE DE GERLAND, PLACE FORTE DE L'OLYMPIQUE LYONNAIS. MOINS MYTHIQUE SANS DOUTE QUE GEOFFROY-GUICHARD, MAIS AVOUONS-LE, IL A LUI AUSSI VÉCU DE BELLES CHOSES...
ET SON CENTRE DE FORMATION TOLA VOLOGE, OÙ LE MATCH RETOUR VA AVOIR LIEU...
DANS LES CIRCONSTANCES QUE L'ON SAIT...
ALLEZ, COACH !... RIEN N'EST JAMAIS PERDU. RÉMI ET MELVIN FERONT TOUT POUR NOUS SURPRENDRE, J'EN SUIS SÛRE !
VOUS ME SUIVEZ ? JE VOUS ACCOMPAGNE AUX VESTIAIRES !
OUI, MERCI, MADEMOISELLE !
SANS JULIEN, ILS VONT ENCORE SE DISPUTER LE TRÔNE ET SE RETROUVER LE CUL PAR TERRE !... PAS BESOIN D'ÊTRE DEVIN POUR LE SAVOIR !
C'EST TOUJOURS UN PLAISIR DE TE RECEVOIR, DACOSTA !
MMMH... JE VOIS QUE TU ALIGNES LA MÊME ÉQUIPE QU'À L'ALLER !... DOMMAGE, UNE RECRUE EN POINTE AURAIT PU FAIRE LA DIFFÉRENCE...
?!

UN INVENTIF UN PEU DANS LES VAPES... STYLE SKATER SI TU VOIS CE QUE JE VEUX DIRE !
ET COMMENT !
TU DEVRAIS SAVOIR QUE CHACUN EST LIBRE DE PRENDRE LES BONNES DÉCISIONS...
À TOI DE TROUVER LES BONS ARGUMENTS !
TU ME DÉGOÛTES !
TSS !
AH ! AH ! AH !
C'EST DONC TOI, MÉCRÉANT ?!
BAS LES PATTES, ASSASSIN !... TU POURRAIS TE BRÛLER !
COACH ! JULIE !
?!
?!
JULIEN, QU'EST-CE QUE TU FAIS LÀ ? ON NE T'ATTENDAIT PLUS !
C'EST VRAI ÇA... ON NE L'ATTENDAIT PAS NON PLUS !
UNE PLACE EN TRIBUNE, POUR ASSISTER À LA DÉFAITE DE CES AMATEURS, ÇA T'INTÉRESSE ?
C'EST DONC VRAI, TU LES REJOINS ?
NON, CE N'EST PAS CE QUE VOUS CROYEZ, COACH !... J'AI LIVRÉ DU LINGE TOUTE LA MATINÉE AVEC MA MÈRE, ET LA VOITURE EST TOMBÉE EN PANNE !
VOUS PENSIEZ QUE J'ALLAIS ACCEPTER DE TRAHIR LES AMIS À LA PREMIÈRE OCCASION ?... C'EST VRAI QU'ILS ONT MIS TOUS LES ATOUTS DE LEUR CÔTÉ, MAIS ELLES ÉTAIENT MOINS CHARMANTES QUE TOI !
OH !
KOF ! KOF ! KOF !... J'ÉTOUFFE !... DE L'EAU, APPORTEZ-MOI DE L'EAU !

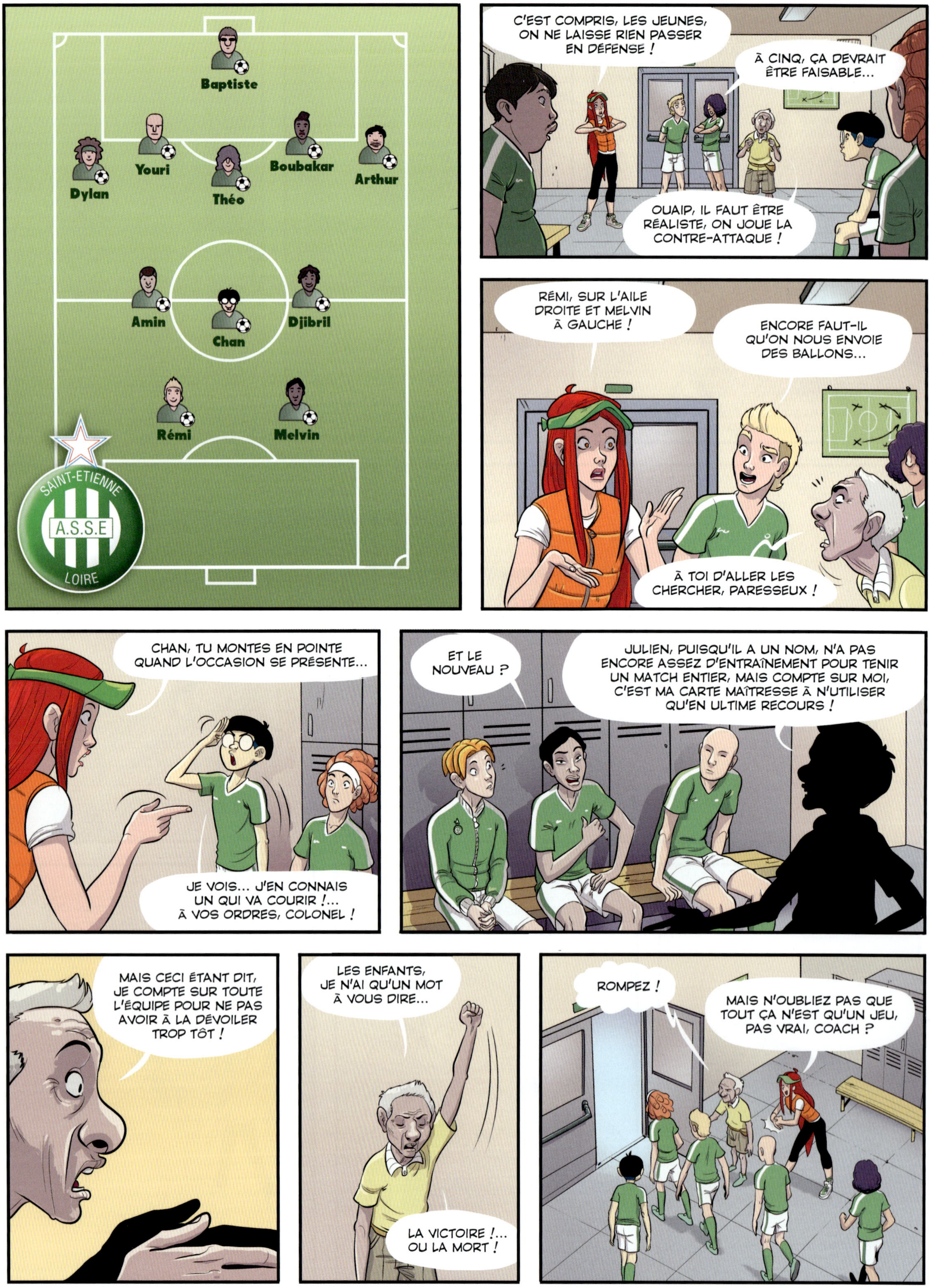
Baptiste
Youri
Boubakar
Arthur
Dylan
Théo
Amin
Chan
Djibril
Rémi
Melvin
SAINT-ETIENNE
A.S.S.E
LOIRE
C'EST COMPRIS, LES JEUNES, ON NE LAISSE RIEN PASSER EN DÉFENSE !
À CINQ, ÇA DEVRAIT ÊTRE FAISABLE...
OUAIP, IL FAUT ÊTRE RÉALISTE, ON JOUE LA CONTRE-ATTAQUE !
RÉMI, SUR L'AILE DROITE ET MELVIN À GAUCHE !
ENCORE FAUT-IL QU'ON NOUS ENVOIE DES BALLONS...
À TOI D'ALLER LES CHERCHER, PARESSEUX !
CHAN, TU MONTES EN POINTE QUAND L'OCCASION SE PRÉSENTE...
JE VOIS... J'EN CONNAIS UN QUI VA COURIR !... À VOS ORDRES, COLONEL !
ET LE NOUVEAU ?
JULIEN, PUISQU'IL A UN NOM, N'A PAS ENCORE ASSEZ D'ENTRAÎNEMENT POUR TENIR UN MATCH ENTIER, MAIS COMPTE SUR MOI, C'EST MA CARTE MAÎTRESSE À N'UTILISER QU'EN ULTIME RECOURS !
MAIS CECI ÉTANT DIT, JE COMPTE SUR TOUTE L'ÉQUIPE POUR NE PAS AVOIR À LA DÉVOILER TROP TÔT !
LES ENFANTS, JE N'AI QU'UN MOT À VOUS DIRE...
LA VICTOIRE !... OU LA MORT !
ROMPEZ !
MAIS N'OUBLIEZ PAS QUE TOUT ÇA N'EST QU'UN JEU, PAS VRAI, COACH ?

CLAP! CLAP! CLAP!
CLAP! CLAP!
UN THÉ, MONSIEUR ?
GRUMPF !
VOUS CHERCHEZ QUELQU'UN, COACH ?
LE PRÉSIDENT... JE PENSAIS QU'IL AURAIT ÉTÉ CURIEUX !
C'EST LUI JUSTEMENT !
BIP BIP BIP
NE ME CHERCHEZ PLUS, DACOSTA, JE SUIS DERRIÈRE VOUS !
?!
VOUS NE PENSIEZ TOUT DE MÊME PAS QUE J'ALLAIS RATER CE GRAND ÉVÉNEMENT ?!
LA VICTOIRE !... OU LA MORT !
JE VIENS DE LE LIRE SUR LA PAGE DU CLUB...
ENGAGEMENT POUR LES VERTS, RÉMI PASSE À MELVIN. PROFITEZ-EN, ÇA N'ARRIVE PAS TOUS LES JOURS...
MELVIN PASSE À AMIN...

AMIN DÉBORDE SUR LE CÔTÉ DROIT...
...MAIS SE FAIT IMMÉDIATEMENT TACLER PAR UN DÉFENSEUR DE L'OLYMPIQUE...
?!
CE DERNIER REMONTE LE BALLON DANS LE CAMP DE L'ASSE...
HÉ HÉ HÉ...
TIR LYONNAIS, ET POTEAU !... LA DÉFENSE ÉTAIT BATTUE, IL EN A FALLU DE PEU...
OUCH !... POUR UNE FOIS QU'UN POTEAU FAIT SON BOULOT !
BAPTISTE POUR BOUBAKAR...
BOUBAKAR PASSE À DJIBRIL...
DRIBBLE DE DJIBRIL...
DJIBRIL POUR MELVIN, EN PROFONDEUR...

CENTRE DE MELVIN...
...QUI CHERCHE LA TÊTE DE RÉMI...
...MAIS TROUVE CELLE D'UN DÉFENSEUR ADVERSE...
...QUI LA RENVOIE LOIN DE SES BUTS.
ÇA NE SERA PAS FACILE DE LES AVOIR... UNE VRAIE FORTERESS...?!
ZZZ...
?!
LES MINUTES QUI SUIVENT, LE JEU SEMBLE ÊTRE À SENS UNIQUE. ET SI AUCUN BALLON N'ATTEINT LES FILETS DES VERTS, LA SITUATION EST À CHAQUE FOIS PLUS PÉRILLEUSE !...
SWISSH!!
POW!
SDENG!
THÉ, PLEASE !
HÉ HÉ HÉ...

APRÈS UNE RELANCE D'ARTHUR ET UNE PASSE DE DJIBRIL, MELVIN DÉBORDE SUR L'AILE GAUCHE...
CENTRE DE MELVIN, POUR RÉMI...
EN DIFFICULTÉ !
UMPF...
MELVIN !!! PLUS COURT, ÇA T'AURAIT DÉRANGÉ ?!
DÉSOLÉ, JE PENSAIS QUE TU ÉTAIS PLUS RAPIDE !
ORDURE !
ET VOILÀ, ÇA RECOMMENCE !
C'EST PAS GRAVE, LES GARS !... ON Y CROIT !
?!
OH !

BUT !...
AH !
...
COLLÈGUE, POURQUOI TU NE M'AS PAS ÉCOUTÉ QUAND JE T'AI DÉCONSEILLÉ DE RECRUTER DACOSTA ?
PLOP !
ON SE PROMÈNE !
ET JE TE PRÉVIENS, CE N'EST QUE LE PREMIER !
GRRR !
ZZZZZZZ
ON SE RECONCENTRE, LES ENFANTS !
CLAP ! CLAP ! CLAP !
JE SENS QUE TU FERAIS MIEUX D'ALLER T'ÉCHAUFFER...
JULIEN !
ZZZ...?
UN, DEUX ! UN, DEUX !

LE SURSAUT D'ORGUEIL DES VERTS NE SE FAIT PAS ATTENDRE...
...MAIS L'ATTAQUE SE BRISE SUR LA DÉFENSE BLINDÉE DE L'ADVERSAIRE...
PETIT À PETIT, LES GESTES SE FONT IMPRÉCIS...
OUPS !
COUIC !
ET LA TENSION MONTE, LES NERFS S'ÉCHAUFFENT AU SEIN DE L'ÉQUIPE...
SPUT !
ÇA MARCHE COMME TU VEUX, COLLÈGUE ?... ON PARIE QUE TU N'ÉGALISERAS PAS ?
FINALEMENT, LE DESTIN S'EN CHARGE...
OUCH !
BON... QUAND IL FAUT Y ALLER, IL FAUT Y ALLER !
JE LE CROIS AUSSI... D'AUTANT PLUS QUE LE PRÉSIDENT VOUS FAIT SAVOIR QU'IL SE CONTENTE D'UN NUL !
BRAVO, CHÂN !
BONNE CHANCE, JULIEN !... ET PRENDS GARDE !

ALORS, C'EST BIEN COMPRIS ? TU TE CONCENTRES SUR LES CENTRES DES DEUX TEIGNES, ET TU ENVOIES LE BALLON AU FOND DES FILETS ! C'EST SIMPLE, NON ?
OUI, OUI...
ENTRER EN MATCH POUR LA PREMIÈRE FOIS DANS CES CONDITIONS, ÇA NE DOIT PAS ÊTRE FACILE !
NON, ET C'EST POUR ÇA QUE J'AI BEAUCOUP HÉSITÉ...
MAIS IL EST TROP TARD POUR FAIRE MACHINE ARRIÈRE !
APRÈS TOUT, JULIEN SEMBLE ÊTRE LE MOINS STRESSÉ. ON DIRAIT QU'IL EST ÉTRANGER À TOUT CE QUI SE PASSE AUTOUR DE LUI !
OUAIP ! ESPÉRONS JUSTE QU'IL AIT QUELQUES BALLONS !
LE COACH NE CROIT PAS SI BIEN DIRE, CAR SI LA DÉFENSE STÉPHANOISE SOUS PRESSION TIENT LE CHOC, AUCUN BALLON NE REMONTE...
LAISSANT AINSI JULIEN TOTALEMENT ISOLÉ DANS LE JEU...
CLAC! CLAC!
CLAC!
?!
MAINTENANT, OUI !

DRIBBLE DE AMIN...
MAIS IL SE FAIT TACLER. SON BALLON EST RÉCUPÉRÉ...
AMIN, POURQUOI TU NE ME L'AS PAS PASSÉ ? JE SERS À QUOI ?!
LE PRESSING LYONNAIS PEUT REPRENDRE...
PETIT PONT, THÉO EST VAINCU...
?!
MAIS LE BALLON TROP LONG...
...EST DÉGAGÉ PAR BOUBAKAR, DÉJÀ LANCÉ.
?!
TRANQUILLE, RÉMI ! TRANQUILLE !
CLAP ! CLAP ! CLAP !
MAIS CE N'EST PAS FINI, IL RESTE ENCORE VINGT MINUTES À JOUER...

LE JEU REPREND, ET LA TENSION DU MATCH EST PALPABLE... TRÈS PALPABLE...
AU CAS OÙ VOUS L'AURIEZ OUBLIÉ, ON EST MENÉS UN À ZÉRO, ET IL NE RESTE QUE QUELQUES SECONDES !
J'AI DIT UN NUL !...
VOS VALISES SONT PRÊTES ?
ON... EST... MENÉS... UN... À... ZÉRO...
HIN ! HIN ! J'EN CONNAIS UN QUI N'EST PAS SEREIN !
MAIS AU FOOTBALL, ON NE SAIT JAMAIS, TOUT PEUT ARRIVER. À TOUS LES NIVEAUX, LES RETOURNEMENTS DE SITUATION SONT FRÉQUENTS. MÊME À QUELQUES SECONDES DE LA FIN...
QUELQUES SECONDES DONC... BAPTISTE RENVOIE LE BALLON LOIN DE SES BUTS...
DJIBRIL À LA RÉCEPTION, QUI PEINE CEPENDANT...
BUMP!
MAIS PARVIENT À ÉVITER LA TOUCHE...
PFFF !
NON !
CRACK
FLUSHHHH!!!

TRI ! TRI ! TRIIIII !
DACOSTA, VOUS AVEZ FAIT DU BON TRAVAIL ! JE LE SAVAIS !!!
?!
J'AI EU DE LA CHANCE, ON DIRAIT.
LA CHANCE N'A RIEN À VOIR DANS TOUT ÇA, ET VOUS LE SAVEZ BIEN. VOUS Y CROYIEZ DEPUIS LE DÉBUT !
PEUT-ÊTRE, MAIS J'AI DOUTÉ... ÇA OUI !
ET JAMAIS JE NE M'ÉTAIS RETROUVÉ AUSSI PRÈS DU GOUFFRE !
SATISFAIT, COACH ?
ET COMMENT !
REGARDEZ-LES ! IL SUFFISAIT D'UN DÉCLIC POUR SOUDER L'ÉQUIPE ! ET JE CROIS QUE C'EST CHOSE FAITE !
PRESQUE, JULIE...
ALORS, COLLÈGUE, ÇA T'A PLU !
BEAUCOUP, COLLÈGUE... ÇA PROMET DE BEAUX MATCHS !
MAIS TU VERRAS, ON VA Y ARRIVER... ET JE TE PROMETS QU'ON VA FAIRE UN MALHEUR EN CHAMPIONNAT !
FIN DE L'EPISODE

ASSE
KiDS'
Club
INSCRIS-TOI À
L'ASSE
KIDS' CLUB
ET VIENS
T'AMUSER AVEC
PANTÉO
JOUE
KIDS' GOAL
KIDS' QUIZZ
KIDS' MEMORY
ET GAGNE
100 enfants invités
à chaque match !
Stages
de foot
Visites du
centre de formation
les mercredis
9
Maillots
dédicacés
Places de
match
www.asse-kids.fr
Conception et Impression : Webgam.fr

SAINT-ETIENNE
A.S.S.E
LOIRE

Nerd
Remi
Benji
Lore
Coach
Arthur
Amin
Theo
Djibril